KB202066

토끼가 된 날

무라나카 리에 글·시라토 아키코 그림

현계영 옮김

인북

토끼는 오르막길을 좋아해
하나, 둘, 점프!
누구보다 재빨리 뛰어오르지

토끼는 귀를 쫑긋 세워
저기 먼 곳의 위험까지
금세 알아차려

토끼는 발톱 자르는 걸 싫어해
남아 있는 자연의 기억
발톱을 자를 때마다 땅의 기억이 희미해져

토끼는 안기는 걸 잘 못해
이제 도망갈 수 없잖아

어쩔 수 없다, 얌전히 있자
하지만 손바닥으로 살살 만져주는 건 좋아해
부드럽게 쓰다듬어주면 해치지 않아
손이 '좋아해'라고 말하는 것 같아

토끼는 조그만 외톨이
몸이 약해지면
온 힘을 다해 아픈 걸 감추지

토끼야, 토끼야
약하다고 해서 강하지 않은 건 아니야
약하기 때문에 오히려 강할 수도 있어

누구나 마음속에 토끼가 있다

차례

토끼가 된 날

리코는 반에서 부끄럼쟁이 1등이다.

친구들 앞에서 무슨 말을 하려고 하면, 목구멍 안쪽이 꽉 막혀서 하고 싶은 말이 나오지 않는다.

어떻게 좀 해보려고 하면, 모두 쳐다보고 있는 것 같아 가슴이 찌릿찌릿해지면서 결국 아무 말도 하지 못한다.

그런데 5월이 되자, 하마구치 선생님이 리코에게 '이야기 노트'를 선물해 주셨다.

"리코야, 굳이 소리 내어 말하지 않아도 돼. 선생님은 리코가 엄청나게 많은 이야기를 하고 싶어 하는 걸 알아. 그러니까 이제 이 노트로 선생님과 속닥속닥 얘기해 보자."

그건 연한 하늘색 표지의 평범한 노트였다. 마지막 페이지에는 핑크색 사인펜으로 토끼가 그려져 있었는데, '리코야, 잘하고 있어!'라는 동그란 글씨가 말풍선 안에서 토끼처럼 폴짝폴짝 뛰고 있었다.

하마구치 선생님이 그려주신 특별한 토끼, 토토.

리코는 기분이 너무 좋아 가슴이 콩닥콩닥 뛰었다. 손가락으로 토토를 몇 번이나 따라 그렸다.

토끼가 된 날

다음 날부터 리코는 학교에서 돌아오면 먼저 노트부터 펼쳤다. 그러곤 '오늘 있잖아요'라면서 선생님에게 이야기를 쓰기 시작했다. 하고 싶은 얘기는 엄청 많았다.

오늘 아침에는요, 마당에 연두색 카모마일 새싹이 오밀조밀 돋아나 있는 걸 봤어요. 작년에 핀 꽃에서 씨앗이 땅에 떨어져 싹을 틔운 거라 생각하니 "안녕"이 아니라 "오랜만이야"라고 말하는 게 낫겠죠?

리코는 정성을 들여 큼지막한 글씨로 적었다. 조용히 노트를 선생님께 드렸더니 선생님은 끝까지 꼼꼼하게 읽고, 빨간색으로 답장을 써 주셨다.

"리코네 집에는 카모마일 꽃이 피는구나. 좋겠다. 카모마일은 향도 좋고, 배가 아플 때 차를 만들어 마시면 좋다지? 영국에 피터 래빗이라는 귀여운 장난꾸러기 토끼 이야기가 있는데 말이야. 배탈이 난 피터에게 엄마 토끼가 카모마일 차를 주거든. 선생님이 아주 좋아하는 이야기야. 다음에 리코에게 빌려줄게, 한번 읽어보렴."

리코는 기분이 정말 좋아졌다. 더 더 이야기를 하고 싶어졌다.

선생님, 며칠 전부터 비가 엄청 왔잖아요. 그런데 전선 두 줄 사이에 커다란 거미줄이 반으로 접혀 달랑달랑 매달려 있는 거예요. 저는 전선에 연이 걸려있는 줄 알고 오빠에게 말했죠.
"비가 오는데 연을 날리는 애가 있나 봐."
"이 바보야, 그거 거미줄이야."
오빠는 비웃으며 이어서 말했어요.
"바람에 날린 거야. 비가 내리는데 바람까지 세게 부니 그 튼튼하다는 거미줄도 어쩔 수 없이 말려 올라가는구나"라고요.
그리고 조금 후에 까마귀 소리가 엄청 시끄러워서 보니, 전선에 걸려있던 거미줄을 아주 깨끗하게 먹어 치웠더라고요.

"리코야, 이거 깜짝 놀랄 뉴스인데? 선생님도 그렇게 큰 거미줄은 본 적이 없어. 이번 주 내내 비바람이 불었으니, 거미도 까마귀도 먹이 구하는 게 힘들었을 것 같아. 리코는 관찰력이 정말 대단하구나. 선생님도 리코한테 하나 배웠다!"

선생님, 오늘 음악 시간에 말이에요. 선생님이 "눈을 감고 이

곡을 들으면 어떤 느낌이 들어요?" 하고 물어보셨잖아요.

저는 '자장가 같은데'라고 생각했어요.

근데 친구들이 다 '귀신이 나올 것 같아요', '동물이 줄줄이 걸어가는 것 같아요'라고 하면서 저랑 완전히 다른 얘기를 해서, 저는 아무 말도 못 했어요.

선생님이 "작곡가는 이 곡을 부엉이의 자장가를 떠올리며 만들었다고 해요"라고 하시는 걸 듣고는 '아, 왜 똑바로 발표를 못 했을까' 하고 속상했어요.

"리코에게 자장가처럼 들렸다는 걸 알게 돼서, 선생님은 아주 아주 기쁜걸. 친구들과 다르더라도 자기 생각이나 느낌을 이야기

해 주는 걸 선생님은 좋아한단다."

이렇게 선생님이 답장을 써 주시니 리코는 신이 나서 '선생님',
'그래서요' 하면서 노트에 계속 이야기를 적었다.

어느새 노트도 몇 장 남지 않게 되었다. 앞으로 2장만 더 쓰면
끝이다.
연하늘색 노트의 마지막 장을 넘겨보며, 리코는 오늘은 무슨
얘기를 쓸까 곰곰이 생각했다.
그러다 고민 끝에 '그래, 오늘은 선생님이 빌려주신 토끼책 이
야기를 써보자'고 마음 먹었다.

선생님, 빌려주신 책 진짜로 재미있었어요. 우리집 텃밭보다 책에 나오는 텃밭에 있는 채소가 훨씬 예쁘고 맛있을 것 같아요. 우리 텃밭을 찾아오는 토끼들은 아마 피터가 먹는 무 대신 당근잎을 엄청나게 먹게 될 거예요.

우리집 당근은요, 밭에 있는 조그만 돌 같은 데에 걸려서 두 동 강이 나거나 구부러져 있어요. 못생긴 게 많다는 거죠. 피터가 먹은 것처럼 예쁘게 생긴 채소는 없다니까요.

우리 아빠도 채소를 먹으러 몰래 오는 동물들한테 엄청 화가 나서 무섭게 말했어요.

"다음에 걸리기만 해 봐, 멧돼지든 너구리든 가만 안 둘 거야."

그런 모습을 보면 맥그레거 아저씨보다 더 무서운 것 같아요. 피터랑 우리 아빠가 밭에서 딱 마주치면, 어떻게 될까요? 삽이 나 갈퀴 같은 걸 들고 있다면, 분명히 "거기 서−" 하면서,

앗, 벌써 마지막 페이지.

리코가 쓴 글씨는 귀여운 핑크색 토토 바로 옆에까지 와 있었다. 리코는 '후-' 하고 작게 심호흡을 한 번 했다. 그리고 다시 힘주어 연필을 잡았다.

분명히 "거기 서-" 하면서 피터와 친구들을 때리려고 할 테니, 나는 피터를 안아서 도망치게 해줄까 봐요.

이렇게 다 적고 나니, 조그맣게 웅크리고 있던 핑크색 토끼가 '고마워'라고 말하는 것 같았다.

리코는 노트를 살며시 덮어 책상 위에 두었다. 내일 학교에 가져갈 생각을 하니 즐거웠다.

다음 날, 등교 후 가방에서 노트를 꺼내 선생님께 가져가려던 리코는 그만 깜짝 놀라고 말았다.

'어? 뭐지? 뭐지?'

마지막 페이지에 적혀 있어야 할 내용이 완전히 사라지고, 그 대신 애들 글씨를 흉내 낸 삐뚤빼뚤한 글씨가 떡 하니 쓰여 있었다.

고맙습니다.

리코는 순간 무슨 일이 일어난 건지 도무지 알 수 없었다. '고맙습니다'라니. 아니야. 이거 아니라고.

숨이 콱 막혀서 말이 나오지 않았다. 하고 싶은 말은 물방울이 되어 눈에서 주르륵 흘러내렸다.

'누구야? 이런 심한 짓을 한 게?'

리코는 저녁을 먹다가 범인이 누군지 알게 됐다.

방금 튀긴 고로케를 기다란 젓가락으로 접시에 하나씩 내려놓으며, 엄마가 아무 일도 없었다는 듯 말하는 것이었다.

"리코는 글씨 연습을 좀 더 하는 게 좋겠어. 아무리 내용이 좋더라도 글씨가 엉망진창이면 별거 아닌 것처럼 보이게 돼. 연필은 좀 더 위쪽을 잡고, 자세도 제대로 하고……."

리코는 한입 베어 문 고로케를 접시 위에 다시 내려놓았다.

"뭐야, 왜 그래? 너 좋아하는 거잖아."

아빠가 별일이다 싶은 얼굴로 바라봤다.

"예의가 아니지, 음식을 먹다 마는 건."

리코는 엄마를 흘겨보았다.

"다른 사람이 쓴 글을 마음대로 고치는 건 예의에 맞고?"

이렇게 말하고 싶었다. 하지만 하지 못했다.

접시에 놓인 고로케를 손으로 집어 입속으로 욱여넣었다.

앗뜨, 뜨, 뜨거.

리코는 바로 '콩' 하고 요란하게 자리에서 일어났다.

"어어? 뭐하는 거야?"

"므흐냐고? 그른 음므는?"

우물거리며 리코는 뛰쳐나갔다.

"리코, 거기 서! 거기 서라고!"

맥그레거 부인이 앞치마를 휘두르며 쫓아왔다. 잡히면 커다란
삽으로 맞을 것이다.

　도망쳐, 멀리 멀리 도망쳐.

　몸을 쭉 뻗어서, 앞만 보고 달려라 달려.

　어느새 누군가가 함께 달리고 있었다.

　뒷다리로 힘차게 뿡-

　땅을 차고, 또 차고 뿡

앗, 핑크 토끼다!
하마구치 선생님이 그려주신 핑크 토끼.
"리코야, 잘하고 있어!"
핑크 토끼가 슬며시 웃으며 선생님이 해주신 바로 그 말을 했다.

배에 준 힘이 빠지면서 웃음이 나왔다. 크크크. 크크크.
리코는 카모마일 밭까지 핑크 토끼와 함께 뛰었다.

리코가 토끼가 된 날.

노크

해 뜰 무렵

나는

내가 원래

무엇이 되고 싶었는지를

알게 되었습니다

당신이 앞니로

나에게 계속 노크를 해 준

덕분입니다

엄마 토끼

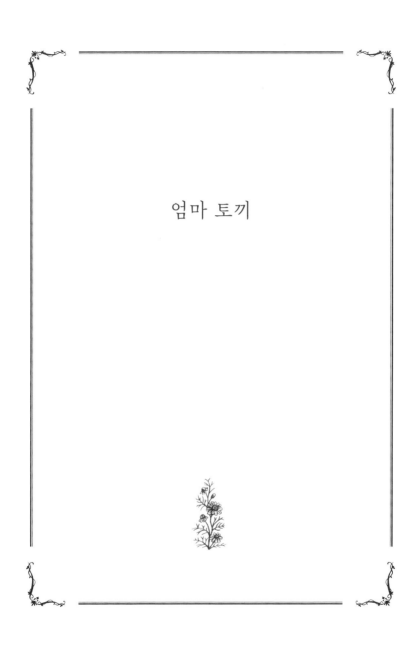

조금 있으면 학예발표회다. 나나네 반은 연극 준비로 바쁘다.

제목은 〈즐거운 모험, 삼총사〉로 숲속 동물 삼총사가 지혜를 모아 숲속 저 안쪽에 사는 괴물을 물리치는 이야기다.

먼저 이야기의 큰 줄기를 정한 다음, 어떤 동물들이 등장할지, 난폭한 괴물과 동물 삼총사의 이름뿐만 아니라 숲은 어떤 숲이고 어떤 음악을 사용할지, 극 중에 넣을 춤의 안무와 배역까지 반 친구들 모두가 열심히 머리를 맞대 결정하기로 했다.

모두 엄청 신이 나 있다. 담임 선생님은 이런 친구들의 모습을 흐뭇한 미소를 지으며 바라보고 있다.

나나는 괴물을 해치운 다음에 해피댄스를 추는 동물 역할이면 좋겠다고 막연히 생각하고 있었다. 동물들 의상, 특히 밤비의 의상이 아주 예뻐서 기분만은 벌써 밤비다.

하지만 댄스 멤버는 발레를 하는 친구, 댄스학원에 다니는 친구, 원래 춤을 잘 추는 친구들이 줄줄이 지원을 해서 순식간에 정해지고 말았다.

그러고 나서 멍하니 있다 보니, 나나는 어쩌다 모험을 떠나는 삼총사 중 하나인 '미미'라는 토끼의 엄마 역할을 맡게 되었다.

삼총사의 엄마들이 하는 대사가 있다. 동트기 전 괴물을 물리

치기 위해 몰래 떠난 자식을 걱정하면서 하는 말이다. 도서관에서 누구보다도 책을 많이 읽는 요코가 삼총사 엄마들의 대사를 하나씩 써서 주었다.

너구리 '동동'의 엄마를 맡은 야베의 대사는 이렇다.

"아이고, 아이고, 어쩐단 말이냐. 우리집 귀염둥이 동동이가 다치지나 않았으면 좋겠네. 그저 무사히 집으로 돌아오길 기도합시다."

양 '메리'의 엄마가 된 기요세의 대사는 이렇다.

"역시 우리 메리. 가장 예쁜 모습으로 총총 달려가 모두를 구해주거라. 화이팅, 화이팅!"

그리고 나나가 맡은 미미 엄마의 대사는 이랬다.

"설마 우리 미미가. 어떻게, 어떻게 해."

대사는 가장 짧지만, 이걸 모두가 보는 앞에서 큰 소리로 말하라니. 될 리가 없다.

나나가 우물쭈물하고 있으니, 요코가 다가왔다.

"나나야, 엄마 토끼의 마음이 어떨지 생각해서 제대로 해 봐. 이건 우리 모두가 함께하는 연극이니까."

나나는 '응, 알아. 하지만……, 갑자기 엄마 토끼의 마음이라니……'라고 말하고 싶었지만, 아무것도 하지 못하고 고개만 떨

구고 있었다.

　매일 하는 연극 연습은 지옥 같았다.

　체육관 무대에 서면 얼굴이 금세 빨갛게 되고, 무대에서 아래를 내려다보면 어질어질했다.

　'설마 우리'라는 대사 첫마디가 '섬마섬마……'가 되어 버린다. '섬마가 아니야!'라고 요코에게 혼도 났다. 모두가 키득키득 웃는다.

　"'어떻게, 어떻게 해' 이 부분은 전혀 걱정하는 느낌이 없어." 라면서 요코가 곤란하다는 듯 어깨를 움츠렸다.

　"그렇게 힘들면, 대사를 다른 걸로 바꿔줄까?"

　동동이네도, 메리네도 안쓰럽게 나나를 본다.

　그런데 이것보다 더 부끄러웠던 것은 나나의 대사를 기다리고 있는 미미 역의 고우키가 "아무 말 안 해도 돼요, 엄마. 저는 무슨 일이 있어도 괜찮을 거니까요"라고 애드립으로 나나를 구해준 것이다.

　얼마나 한심한 엄마 토끼인가. 눈물이 나오고 말았다.

　터벅터벅 혼자 비탈길을 걸어서 집으로 오던 중, 뒤에서 "잠깐만!" 하는 소리가 들렸다.

　고우키였다.

27
엄마 토끼

"미, 미안해. 대사도 제대로 못 하고 방해만 돼서 미안."

목이 잠겨 소리가 잘 나오지 않았다.

"됐어, 괜찮아. 그것보다 말이야, 잠깐 우리집에 가지 않을래? 보여주고 싶은 게 있거든."

고우키는 가방에서 덜그럭거리는 소리가 날 정도로 키득키득 웃었다.

고우키네 집은 학교 앞 비탈길을 내려가서 바로였다.

"가깝다."

나나가 작은 목소리로 말하니 고우키가 당당하게 말했다.

"그렇다니까. 지각할 것 같을 때 초고속으로 달리면 시간을 좀 줄일 수 있잖아. 그런데 우리집은 너무 가까워서 그게 안 돼."

그러고는 "봐, 벌써 도착했지"라며 장미꽃이 가득 피어있는 마당을 앞장서서 지나갔다.

"여기야. 지금 집에는 토끼들만 있으니 걱정 마."

"뭐? 토끼?"

집 안으로 들어간 나나는 두리번 두리번거렸다.

"토끼는 맨 안쪽 방에 있어. 태어난 지 얼마 안 된 아기 토끼는 너무 더워도 너무 추워도 안 되거든. 그리고 밝기나 소음도 잘 관

리해 줘야 해."

고우키는 메고 있던 가방을 내려놓으며 별일 아니라는 듯이 말했다. 자랑하는 것 같지도 않았다.

"진짜 토끼, 보고 싶지?"

고우키의 말에 나나는 고개를 끄덕였다.

복도를 지나 맨 끝에 있는 방 앞에 고우키가 멈춰 섰다. 뒤돌아 나나를 보더니 들어가자는 신호를 주었다. 나나는 조용히 침을 삼켰다.

방에 들어서니 쉬익- 기분 좋은 공기가 흐르고 있었다. 크림색 커튼이 쳐진 창 쪽에 꽤 넓은 울타리가 있었다. 그 울타리 구석에는 나무 상자가 있고 상자에서 조금 떨어진 곳에 토끼가 있었다.

털이 반들반들한 회색 토끼가.

"앗, 귀여워."

이렇게 말하는 나나에게 고우키가 '쉿' 하고 주의를 주었다.

"자, 봐봐. 지금 저쪽에 있는 엄마 토끼는 아기 토끼를 돌보는 중이야. 그래서 집에 적이 가까이 오지는 않나, 하며 굉장히 민감한 상태야. 큰소리는 절대 안 돼."

나나는 숨을 들이마시며 아주 작은 소리로 물었다.

"집이라는 게 저 구석에 있는 나무 상자? 저 안에 아기 토끼가

엄마 토끼

있어?"

고우키가 고개를 끄덕였다.

"응, 맞아. 근데 아기 토끼를 함부로 만지면 안 돼. 사람 손 냄새가 배면, 엄마 토끼가 젖을 주지 않을지도 모르거든."

나나는 고우키를 빤히 쳐다봤다.

"토끼네 가족은 영원히 함께 사는 건 아니야?"

고우키가 쪼그리고 앉은 채 살그머니 울타리로 다가갔다.

"이 엄마 토끼는 엄청 안 좋은 데서 자라다 보호를 받게 된 토끼야. 우리집으로 데려왔을 때 이미 뱃속에 아기 토끼가 있었고."

고우키는 속삭이듯이 여기까지 말하고 일어나더니, 나나 쪽으로 돌아섰다. 그리고 다시 쪼그려 앉았다.

"엄마 토끼는 아기 토끼를 보호하기 위해서 하루에 한 번이나 두 번 젖을 주는 때를 빼고는 집에 가까이 가지 않아. 집 주변을

어슬렁거리다 적에게 들킬지도 모르니까."

"아, 그래? 몰랐어."

나나가 조용히 대답했다.

"이 엄마 토끼는 말이야, 아기 토끼가 곧 태어나겠다 싶던 때 주변에 있는 풀을 잔뜩 모아서 상자 안에 넣기 시작하더라. 그리고 자기 배나 가슴, 다리, 아무튼 부드러운 털이란 털은 모조리 뽑아서 풀 위에 펼쳐 폭신폭신한 침대를 만들었어. 자기 몸은 맨살이 다 보일 정도가 될 때까지 말이야."

나나는 가슴 한가운데가 찡하고 뜨거워지는 게 느껴졌다.

"고우키, 나 아주 조금, 조금만 더 토끼랑 같이 있어도 돼?"

고우키는 고개를 끄덕이며, 조용히 방을 나갔다.

혼자 남게 된 나나는 울타리에서 떨어진 곳에서 엄마 토끼를 계속 지켜보았다.

31

엄마 토끼

배를 깔고 웅크린 채 동그란 눈으로는 먼 데를 살피며, 한 발짝도 안 움직이는 엄마 토끼.

텔레비전도 안 보고, 줄넘기도 안 하고, 친구들이랑 떠들지도 않고, 아기 토끼들이 있는 집을 등지고 앉아 꿈쩍도 안 하는 엄마 토끼.

대단하다. 누구한테서 배우지도 않았는데 아기들을 생각하고, 아기들의 목숨을 지키고 있다.

꿈쩍도 하지 않는 엄마 토끼의 모습을 보고 있자니, 나나의 눈에 눈물이 핑 고였다.

엄마 토끼.

엄마 토끼는 울보가 되면 안 되는구나.

나나는 뒷걸음치며 엄마 토끼와 아기 토끼들에게 조용히 작별 인사를 했다.

발표회 날이 되었다.

무대 한쪽에서 나나는 토끼 머리띠 뒤로 양손을 올려 연한 하늘색 고무줄로 머리를 질끈 동여맸다.

나나와 똑같은 털북숭이 꼬리와 토끼 귀를 단 고우키가 옆으로 오더니 '화이팅' 하고 속삭였다.

　나나는 앞을 본 채 고개를 끄덕였다.

　이제 곧 나나 차례.

　무대 한가운데로 걸어 나간 나나는 눈을 감고 숨을 들이마셨다.

　나는 엄마 토끼가 되는 거다.

낮이 지나고, 밤이 지나고

야생 토끼는

눈을 감고 느긋하게 자는 일이

웬만해선 없다고 한다

오늘을 맞이할 때

토끼는 눈을 크게 뜬다

오늘을 떠나보낼 때

토끼는 눈을 크게 뜬다

오늘을 평온한 하루로 마무리할 수 있을 때

비로소

토끼는 나름의 방식으로

잠을 청한다

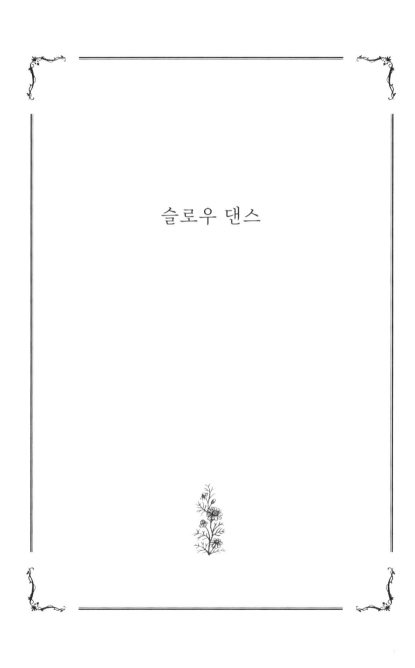

슬로우 댄스

아즈미의 여름방학이 시작된 지 얼마 안 됐을 때의 일이다.

시골에 사시는 할아버지가 요즘 뭔가 좀 이상하다고, 겐사쿠 삼촌에게서 연락이 왔다. 겐사쿠 삼촌은 아빠의 남동생이다. 할아버지 집에서 차로 1시간 정도 떨어진 곳에 살고 있는데, 가끔 할아버지가 어떻게 지내시나 들여다보곤 한다.

할아버지와 할머니는 몇 년째 산에서 밭농사를 짓고 계셨다. 아즈미도 유치원에 다닐 때 여름방학이 되면 곧잘 놀러 갔다.

할머니는 요리를 잘하셔서, 집에서는 절대로 먹을 수 없는 양갱이나 경단을 네모난 쟁반 한가득 만들어주셨다. 밭에서 직접 딴 옥수수를 삶아주시기도 했다.

할머니는 뚱보여서 안기면 포근한 느낌이 들어 정말 좋았는데, 그런 할머니가 갑자기 돌아가신 게 벌써 반년 전이다.

장례식 때 할아버지는 눈물도 보이지 않고 수많은 손님에게 머리 숙여 인사하셨다. 도와주러 온 동네 사람들에게도 고마움의 표시를 잊지 않았고, 아즈미도 잘 왔다면서 웃으면서 맞이해주셨다.

"역시 아버지야. 인사도 꼿꼿하게 하시잖아. 이제는 시골 어르신이지만 말이야."

아빠는 할아버지를 자랑스러워했다.

슬로우 댄스

"형도 슬프면서 그런 얘기하며 센 척하는 걸 보면, 두 사람이 닮은 걸 누가 따라오겠어."

겐사쿠 삼촌은 이렇게 중얼거렸지 아마.

삼촌의 연락을 받고 아빠와 엄마, 아즈미는 할아버지를 뵈러 갔다.

"대체 어떻게 된 거야. 아버지가 밤에 맥주 한 캔도 안 드신다니, 그럴 수가 있나. 분명 이상해. 겐사쿠 말로는 여간해서는 웃지도 않으신다니."

장례식 이후 반년 만에 신칸센 역에 도착한 아빠는 렌터카를 운전하면서 '이상해, 분명 이상해'라고 혼잣말로 계속 중얼거렸다.

산속 집에 도착했을 때는 이미 캄캄해진 뒤였다.

할머니 장례식 때는 사람이 많아서 몰랐는데, 할아버지 혼자 지내시는 산속 집은 텅 비어있어서 쓸쓸하게 느껴졌다.

집 앞에 도착하면 '탁' 하고 켜지는 오렌지색 전등도 전에는 '신비의 나라로 가는 문' 같은 느낌의 예쁜 불빛이었는데, 오늘은 머쓱하게 외롭게만 보였다.

할아버지를 직접 만나 뵈니, 크게 편찮아 보이진 않았다.

아빠와 엄마가 이런저런 말을 걸어보고, 약 드신 기록도 살펴보고, 동네 사람들한테 인사드리는 척하며 이것저것 물어봤지만, 특별히 걱정할 만한 점을 발견하지는 못했다.

이불을 펴고 셋이 나란히 누워있는데, 아빠가 불쑥 말했다.

"뭔지 몰라 급하게 오긴 했다만, 괜한 걱정이었는지도 모르겠네."

"어쨌든, 입원해야 하는 큰 병 같은 게 아니라서 다행이야."

엄마도 한숨 돌린 모양이었다.

아즈미는 점심과 저녁까지 두 번이나 사다 먹은 도시락 때문인지, 목이 말라서 견딜 수 없었다. 그래서 이불에서 나와 물을 마시러 부엌으로 갔다.

'달그락' 하는 소리에 부엌 뒷문을 여니, 할아버지가 나무 의자에 앉아 하늘을 보고 계셨다. 목욕을 마친 그 상태로 멍-하게.

하늘에 떠 있는 달 색깔이 딱 할아버지 잠옷 색이었다. 희끄무레하게 번져 보였다.

"할아버지, 거기 그렇게 계시다가는 모기한테 깨물려요."

목소리가 들리자 깜짝 놀란 할아버지가 아즈미 쪽을 돌아다봤다.

슬로우 댄스

"아, 아즈미구나. 난 또 할머닌가 했네. 할머니 말투랑 똑 닮아서 말이야."

아즈미의 얼굴이 빨개졌다. 자연스럽게 입에 붙은 말투였다. 할머니는 할아버지 등 뒤에 대고 '모기가 깨문다'라고 자주 말씀하셨다.

할머니가 정색하고 '모기한테 깨물린다'고 말하는 게 이상해서, "모기는 문다고 하지 않나? 깨문다고는 안 하지" 하며 할아버지랑 둘이 몇 번이고 배꼽 잡고 웃었던 일이 아즈미도 생각났다.

"아즈미야, 이쪽으로 와볼래?"

할아버지가 손짓했다. 할아버지의 손은 전보다 힘줄이 튀어나와 보였다.

아즈미는 할머니가 늘 그랬듯이 부엌 바닥의 뚜껑을 열고 안에서 모기향을 꺼냈다. 그리고 서랍에 있던 백 엔짜리 라이터로 초록색 모기향 끝에 불을 붙였다.

모두 그 시절 그곳에 그대로, 그때와 똑같이 모기향이 소리 없이 연기를 내뿜기 시작했다.

아즈미는 모기향을 손에
들고 밖으로 나갔다. 할아버지
옆에서 모락모락 피어오르는 연기
뒤로 떠 있는 달을 바라봤다.

"할머니는 아침에 기분이 좋으면 말이야, 일부러 할
아버지를 밖으로 불러냈지. 여기서 할아버지 수염을 깎아줬거든.
봄에는 저쪽 가와즈벚꽃 나무에서 동박새가 종알거리고, 할아버
지 수염을 다 깎으면 물이 담긴 대야를 그대로 벚나무 아래에 두
면서 동박새한테 '자, 여기 할아버지 물이다!' 같은 희한한 말을
하고 재미있어했지."

아즈미는 할아버지 팔을 꼭 잡았다.

"할아버지, 할머니한테 그 얘기 들은 적이 있어요."

할아버지는 주름 많은 손바닥으로 아즈미의 머리를 쓰다듬으
며 '아, 그랬구나' 하고 고개를 끄덕였다.

"또 밤에 달이 예쁘게 뜨면 둘이 음악을 틀어놓고 춤을 췄어."

할아버지의 말에 아즈미는 하마터면 모기향을 떨어뜨릴 뻔
했다.

"춤-이요? 할아버지랑 할머니가요?"

"그럼, 우리 둘은 은행의 댄스클럽에서 만났거든.

슬로우 댄스

그때 할머니는 빼빼 말라서 꼭 아기 토끼처럼 귀여웠지."

할아버지는 양손으로 무릎을 짚고 '웃차' 하고 일어났다.

달을 올려다보고 쓰읍 숨을 들이마셨다.

할아버지의 등이 쭈욱 펴졌다.

신고 있던 신발도 벗어 던졌다.

슬로우 슬로우, 퀵 퀵

슬로우 슬로우, 퀵 퀵

퀵 퀵 퀵 퀵

슬로우 슬로우

와-, 빙글빙글 돈다. 두둥실 위로 떠오른다.

멋지다 멋져, 할아버지 옆에 할머니가 보인다.

할아버지 발이 탁 멈췄다.

"이젠 안 되겠다. 혼자서는 춤도 재미없네."

할아버지는 휙 벗어 던졌던 신발을 주워서 아무 말 없이 부엌
으로 들어가셨다.

"할아버지, 혼자가 아니었어요. 저한테는 보였거든요. 할아버

지랑 함께 할머니도 춤추고 계셨어요."

이렇게 말하고 싶었지만, 아즈미는 제대로 이야기할 용기가
나지 않았다.

할머니가 늘 그랬듯 모기향 끝을 뚝 잘라서 불을 껐다.

아즈미는 이불속에 다시 들어가서도 도무지 잠이 오지 않았다.

다음 날, 할아버지는 아빠한테 거의 끌려가다시피 해 차를 타
고 병원에 가서 검사를 받았다. 엄마도 따라갔기 때문에 낮 동안
아즈미는 혼자서 집을 지키게 되었다.

엄마가 부탁하고 간 할아버지 빨래도 전부 다 갰다. 옷장 안에
정리해 두라고 했던 터라 할아버지 방으로 들어갔다.

오래된 나무 책상 위에 할머니와 할아버지 사진이 든 액자가
있었다.

웃고 있는 젊은 시절의 할아버지, 덥수룩한 머리.

웃고 있는 예쁜 할머니, 할아버지 손을 잡고 있다.

어? 할머니 목에 두르고 있는 하얀 이거, 나 기억난다.

이거, 보들-카프다.

보들-카프……, 새하얗고 보들보들해서 이 스카프를 '할머니
의 보들-카프'라고 불렀는데. 진짜 좋아했지.

　이걸 두르고 있는 할머니한테 볼을 부비부비하는 걸 참 좋아했다.

　할머니한테 소중한 스카프였구나.

　아직 있을까? 있을 거야, 분명히.

　아즈미는 할아버지 옷장 서랍을 정신없이 열었다. 맨 위에 있는 서랍부터 전부 다 열어봤다.

　있다.

　본 적 있는 연보라색 보자기에 곱게 싸여있는 할머니의 보들-카프가 보였다.

　아즈미는 바로 볼을 비벼봤다.

할머니다.

할머니다.

그날 밤, 하늘에는 예쁜 달이 어제보다 더 또렷이 보였다.

아즈미는 용기를 내어 할아버지께 말씀드렸다.

"할아버지, 우리 밖에 같이 나가요. 모기한테 깨물리지 않게 셔츠 입고요."

이게 무슨 일이냐는 듯 아빠와 엄마가 서로를 쳐다봤다.

할아버지가 가만히 아즈미 얼굴을 들여다봤다. 아즈미도 가만히 할아버지의 얼굴을 바라봤다.

할아버지는 아즈미의 마음을 알아차린 걸까.

방에 들어가 새하얀 와이셔츠를 입고, 양말을 신고, 끝이 뾰족한 반짝이는 구두를 들고 나타났다.

아즈미도 연보라색 보자기를 안고 밖으로 나갔다.

"할아버지, 할머니랑 춤추는 걸 보여주세요."

아즈미는 이렇게 말하고, 할아버지의 목에 하얀 보들-카프를 둘러드렸다.

"아즈미, 이건……."

"할머니 거예요. 할머니가 이거 아주 좋아하셨죠?"

"어허, 아즈미. 할머니 물건을 맘대로 꺼낸 거야?"

당황해서 소리치는 아빠의 입을 엄마가 '쉿' 하며 막았다.

할아버지가 주름 많은 손바닥으로 부드럽게 목을 쓰다듬었다.

그러고 나서 달을 한 번 올려다봤다.

할아버지의 등이 쫘악 펴진다.

스르륵 양팔이 위로 올라간다.

슬로우 슬로우, 퀵 퀵

슬로우 슬로우, 퀵 퀵

퀵 퀵 퀵 퀵

슬로우 슬로우

할아버지와 함께

할머니가 사뿐사뿐 돈다.

할아버지와 함께

하느작하느작

빙그르르 돌고

빙그르르 빙그르르

슬로우 댄스

슬로우 슬로우 퀵 퀵

슬로우 슬로우 퀵 퀵

퀵 퀵 퀵 퀵

슬로우 슬로우

보름달이 밝은 밤,

할아버지와 할머니는 춤을 멈추지 않는다.

손바닥의 보물찾기

착하지 착하지
너는 착한 아이

혼잣말 속삭이며
손바닥으로
서툴러도 나만의 사랑하는 법을
찾고 있다
가만히

자전거를 타고

하아, 오늘도 역시 잘 치지 못했다.

부르크뮐러 25개의 연습곡 중 9번 〈사냥〉.

"타쿠토, 많이 좋아졌는데? 중간에 돌렌테 부분이 조금 아쉽기는 해. 사냥에 쫓기는 동물들의 슬픈 마음을 나타낸 부분에서 손가락을 조금만 더 부드럽게 움직이면 좋을 것 같아."

레슨이 끝난 다음 유리 선생님이 피아노 뚜껑을 '쿵' 하고 닫으며 말했다.

"선생님은 우리 모두 열심히 연습해서 얼마나 잘 치게 될까 잔뜩 기대하고 있었는데, 아니지 사실은 다 클 때까지 레슨을 하고 싶었는데, 미안하게 됐다."

'유리 선생님, 무슨 일이지?' 나는 피아노 악보를 가슴에 꼭 끌어안고 고개를 푹 숙이고 있었다.

기노시타가 팔을 번쩍 들고 큰 소리로 말했다.

"저 알아요. 선생님 결혼하시는 거죠? 엄마들이 그러던데요."

"뭐어, 결혼? 누구랑요?"

모두 웅성거리기 시작했다.

'결혼'이라는 말이 너무나도 충격적이어서, '이제 선생님을 못 본다'라는 생각은 머릿속에서 휙 사라져버린 것 같았다.

"선생님, 손가락에 그 반짝반짝하는 거, 약혼반지예요?"

아야네가 눈치 빠르게 알아채고는 물었다.

"아휴, 이런……."

거짓말은 절대 못 하는 선생님은 얼굴이 새빨개지며 반지를 빼서 하얀 책상 서랍에 쏙 집어넣었다.

그런 선생님의 행동이 웃겨서 모두 깔깔거렸다.

나는 웃을 수 없었다.

선생님을 볼 수 없게 된다.

숨이 잘 안 쉬어진다.

"자, 선생님 얘기는 여기까지. 아직 레슨이 남아 있으니까 각자 정한 목표까지 가 보자."

분명하고 단호한 선생님의 말에 모두 '네' 하며 자리에서 일어섰다.

모두에게 둘러싸인 선생님은 생긋생긋 웃으며 밖으로 나가 모두를 배웅했다.

생긋생긋 웃으며. 생긋생긋 웃으며.

나만 멀거니 자리에 그대로 앉아 있었다.

"타쿠토, 왜 그래?"

피아노 가방을 든 기노시타가 말을 걸었다.

"아냐, 아무것도."

나는 고개를 가로저었다.

이제 아무도 레슨실에 남아 있지 않았다.

나는 슬리퍼를 질질 끌면서 피아노 쪽으로 걸어갔다.

일단 심호흡을 한다.

선생님의 꽃향기 같은 향수 냄새가 남아 있다.

내가 건반을 두드리며 딸깍딸깍하는 말발굽 소리를 내니, 선생님이 '그렇지, 그렇지' 하면서 고개를 끄덕여 주신다.

레이스 커튼 사이로 선생님의 밤색 머리카락에 미끄러지듯 빛나는 저녁 햇살.

나는 가슴을 쭉 펴고 씩씩하게 사냥에 나선다.

내가 〈사냥〉이라는 곡을 좋아한 이유.

의자에서 일어나 선생님의 하얀 책상 서랍을 살짝 열어봤다.

선생님의 반지.

결혼의 표시, 반지.

이 반지를 끼고, 선생님은 이제 내 곁에서 사라진다.

이런 반지를······.

다음 레슨 날. 유리 선생님은 우리에게 아무 말도 하지 않았다.

늘 그랬듯이 한 사람씩 레슨을 끝내고, 늘 그랬듯이 생긋생긋 웃으며, 늘 그랬듯이 끝마칠 시간이 됐다.

유리 선생님은 단 한 번도 "누구, 선생님 반지 본 사람 없니?" 라고 묻지 않았다.

선생님이 한 말이라고는 "모두 오늘 하루도 즐겁게 보냈지?

남은 레슨 세 번도 서로 기분 좋게, 소중하게 보내자."

　즐거운 하루요? 그럴 리가.
　서로 기분 좋게 보내자고요? 어림도 없다.
　소중하게요? 무슨 말씀이세요.
　선생님은 소중한 반지를 잃어버렸잖아요.
　왜 아무것도 안 물어보세요?
　양심에 찔린다, 콕콕.
　다음 레슨 날도, 그 다음 레슨 날도, 선생님은 사라진 반지에 대해서 아무한테도 묻지 않았다.
　그것이 몹시 괴로웠다.
　어떻게 하지, 어떻게 하면 좋을까.
　앞으로 레슨은 한 번밖에 안 남았는데.
　상냥한 선생님 얼굴을, 사실은 앞으로도 계속 보고 싶은 선생님을 똑바로 볼 수가 없다.

　밤에 방에서 멍하니 있는데, 노크 소리가 크게 들렸다.
　"타쿠토, 잠깐 들어가도 돼?"
　불쑥 아빠가 들어왔다.

아빠는 늘 집에 늦게 들어온다. 어쩌다 일찍 들어오면, 배 위에 고양이 '잼잼이'를 올려놓고, 텔레비전 앞 소파에 누워있는 게 대부분이다.

게으름뱅이 아빠는 잡아당겨도 움직이지 않기 때문에, 그런 날 나와 엄마는 게임도 못 하고 음악방송도 볼 수 없다.

오늘도 좀 전까지 배불뚝이 너구리 배를 내놓고 자고 있었는데.

"뭔데요?"

내가 물어봐도 아빠는 주머니에 손을 넣고, 뭔가 분주하게 방 안을 살폈다.

"뭘 그렇게 보는 건데요?"

흘겨보며 말하자 아빠는 "에헤이, 그렇게 싫다는 표정은 짓지 마라. 그러지 말고 잠깐 같이 나갔다 오지 않을래?"라고 말했다.

"싫어요."

나는 책상에 엎드렸다.

그랬더니 다시 '똑똑' 하는 소리가 들리고, 이번에는 엄마가 들어왔다.

"미안한데, 아빠랑 편의점에 가서 식용유랑 미림, 간장을 좀 사다 줄래? 아빠는 말이야, 혼자 보내면 쓸데없는 걸 잔뜩 사 온다니까."

"그렇대. 따라와."

'뭔 일이래, 이런 시간에 왜'라고 생각했지만, 귀찮아서 말할 기운도 없었다.

아빠는 커다란 자전거를, 나는 노란 내 자전거를 타고 아무 말 없이 편의점으로 향했다.

편의점에 도착하자 아빠는 내가 손으로 가리키는 식용유, 미림, 간장을 카트에 착착 담았다.

계산대에서 계산을 마치려던 아빠가 "아, 잠시만요" 하고 점원에게 말했다.

"타쿠토, 아이스크림 아무거나 2개, 후딱 가서 가져 와."

아빠의 목소리가 너무 커서 창피한 나머지, 아이스크림 코너에서 맨 앞에 있는 초코 모나카를 집어서 계산대로 달려갔다. 아빠는 그 두 개까지 계산을 마쳤다.

자전거를 타려고 하는데, 아빠가 말했다.

"아이스크림이 녹으니까 저쪽 공원에서 먹고 가자."

둘이 컴컴한 공원 한쪽 구석에 있는 돌의자에 앉았다.

아빠는 털썩 앉았다. 그러곤 이상한 말을 하기 시작했다.

"이거 원 딱딱하고 좁아서. 누구나 이용하는 데를 좀 편안하게 만들지 않는 건 일부러 그러는 건가? 하긴 커플이 여기 오래 앉아 있다가 부둥켜안기라도 하면 곤란하겠지."

내가 아무 반응을 보이지 않으니, 아빠는 혼자서 모나카를 한입 베어 물었다.

사각사각 다 먹고 나서는 무릎에 떨어진 모나카 부스러기를 부지런히 털더니, 다시 말하기 시작했다.

"그저께, 피아노 교실에서 전화가 왔어."

가슴이 쿵 하고 내려앉았다.

"그래서 아빠도 엄마도 피아노 교실에서 너한테 무슨 일이 있었는지 대충은 알 것 같은데."

아무 말 없이 시간이 흘렀다.

"아빠가 지금부터 타쿠토에게 어떤 얘기를 해주려고 하는데, 이건 평생 아무한테도 말하지 않을 거로 생각했던 거다."

여기까지 빠르게 얘기하고, 아빠는 '크흠' 헛기침을 한 번 했다. 평생이라니 너무 거창한 거 아닌가. 가슴이 콩닥거리기 시작했다.

"아빠의 아빠는, 그러니까 너의 할아버지인데……."

"응, 그거야 알죠."

"지금은 집에서 특별한 일 없이 하루를 보내고 계시지만, 옛날에는 신문기자로 밤낮없이 엄청 바빠서, 가족들 일은 거의 신경

쓰지 않았어.

할머니도 일을 하셨기 때문에, 집에는 대학에 진학하려고 시골에서 도쿄로 올라와 우리집에서 하숙했던 '사야카'라는 사촌 누나가 나랑 여동생을 돌봐주고 있었지. 사야카 누나는 똑똑하고 상냥했어. 나도 동생도 사야카 누나가 함께 있어 준 덕분에 외로움 같은 건 느낄 새 없었고."

아빠의 어린 시절 이야기라니, 거의 들어본 적이 없었다. 게다가 아빠가 자기를 '나'라고 하면서 나에게 이렇게 정성 들여 말하는 것도 처음인 것 같다.

"그런데 어느 날, 사야카 누나가 우리집에서 하숙을 그만두고 독립해 혼자 살겠다고 얘기하는 거야. 아직 어렸던 나는 뭐랄까, 혼자 버려진 것 같고 배신당한 것 같아서 분하고 속이 부글부글 끓는 거야. 그래서 사야카 누나가 대학 다닐 때 쓰던 자전거를 조용히 들고나와 아무도 찾지 못하게 플라스틱 공장의 쓰레기장에 내다 버렸지."

가슴이 찡하고 아팠다. 남아 있는 모나카를 손으로 으스러뜨릴 것 같았다.

"그런데 말이야. 집에서는 자전거 도둑이 들었다고 난리가 났어. 어른들한테서 '도둑'이라는 단어가 몇 번이고 나오니 무서워

졌어. 이제 와서 내가 갖다버렸다고 말할 수도 없고. 그런데 사야카 누나가 갑자기 나한테 말하는 거야. '같이 한 번 더 찾아보지 않을래?'라고 말이야."

손에 들고 있던 모나카 속 아이스크림이 슬며시 껍질 밖으로 새어 나오기 시작했다.

"나는 있는 힘을 다해 바람을 뚫고 달리고 또 달려서 '명신지'라는 연못 주변을 일부로 빙빙 돌면서 샅샅이 찾아보는 척을 했어. 사야카 누나는 바보처럼 빙빙 도는 와중에도 한 마디 불평도 없이 조용히 따라왔고. 그러다 마침내 플라스틱 공장에 도착했고, 나는 '찾았다! 이거 사야카 누나 꺼 아니야?'라고 외쳤어."

아이스크림이 발밑으로 뚝뚝 떨어진다.

"그랬더니요?"

아빠는 어둑해진 하늘을 올려다봤다. 나는 숨죽이고 다음 얘기를 기다렸다.

"사야카 누나는 '어, 정말이네. 여기 있었네. 고마워'라고 말하는 거야."

아빠도 손에 들고 있던 아이스크림 봉지를 꾹 움켜쥐었다.

"그래서?"

나는 작은 소리로 물었다.

"'맞다, 잠깐 뒤에 타 봐. 단단히 잡아' 하면서 깜짝 놀랄 스피드로 페달을 밟았어. 아마 사야카 누나는 처음부터 내가 거짓말하는 거 전부 알았을 거야. 어른이잖아."

아빠는 내 쪽은 보지 않고 어두운 남색 밤하늘을 향해 기지개를 켰다.

아빠가 굳이 말로 표현하려 하지 않는다는 게 느껴졌다.

"죄송해요. 도둑질할 생각은 아니었어요."

잠긴 듯한 목소리로 나는 고백했다.

"응."

잠길 것 같은 목소리로 아빠가 대답했다.

"마지막 인사를 하기 전에 혼자서 제대로 사과드릴 수 있겠어?"

나는 고개를 끄덕였다.

"네 책상 안에 있는 것, 돌려드리는 거지?"

끄덕끄덕.

"좋아."

아빠가 일어섰다.

"아빠, 자, 잠깐만요. 하나 더 말해도 돼요?"

나는 주먹을 쥐고 말했다.

"뭔데?"

"내 책상, 말도 없이 열어봤어요?"

"어? 응?"

아빠가 입술을 삐쭉 내밀고 시치미를 뗐다.

그러고는 '후우' 하며 숨을 내쉬었다.

아빠는 자세를 고치고 정식으로 머리를 숙였다.

"미안. 다신 안 그럴게."

나는 작은 소리로 '괜찮아요' 하고 대답했다.

그러고 나서 아빠는 엉덩이를 툭툭 털었다.

"자, 저기 수돗가에서 손 씻고, 아빠 자전거 같이 타고 갈래?"

"네에?"

분명히 나는 엄청 괴상한 표정을 지었던 것 같다.

아빠는 식용유, 미림, 간장을 바구니에 넣고 자전거에 올라탔다.

"그냥 한번 말해 봤어."

"그런 거죠?"

내가 웃는 걸 보고, 아빠는 불쑥 이런 말을 했다.

"타쿠토는 그렇게 웃는구나."

아빠는 힘차게 페달을 밟기 시작했다.

서둘러 나도 내 자전거에 올라타, 페달에 힘을 주었다.

길가의 풀도 나무도 그림자 같은 색깔로밖에 안 보였지만, 솔솔 부는 바람이 볼에 닿으면 그림자도 살랑살랑 움직이기 시작한다.

아빠가 초스피드로 페달을 밟는다.

나도 초스피드로 뒤를 따른다.

이따금 풀냄새가 코를 스친다.

그날 밤, 나는 아빠와 자전거를 같이 타고 들판을 달리는 꿈을 꿨다.

음악이 들린다. 멀어졌다가 가까워졌다가.

우리를 따라잡으러 오는 것 같은 장난스러운 리듬.

말발굽 소리다. 피아노 소리가 거칠어졌다.

자, 여러분
새로운 출발이다
달려라 달려
멀리 저 멀리

자전거를 타고

끝까지 달려라 달려

멀리 저 멀리

달빛이 풀밭 길을 비춘다

일제히 달아나 버리는 토끼들

피아노 소리가 슬며시 부드러워졌다

언젠가 잘 치게 될까?

언젠가는 잘 치게 돼

선생님이 안 계셔도?

선생님이 안 계셔도

부르크뮐러 25개의 연습곡 중 9번

부드러운 손놀림으로

돌렌테dolente

가만히

가만히

슬픔을 이겨내고

토끼야, 토끼야
약하다고 해서 강하지 않은 건 아니야
약하기 때문에 오히려 강할 수도 있어

누구나 마음속에 토끼가 있다

USAGI NI NATTA HI

© Rie Muranaka, Akiko Shirato 2024

Originally published in Japan in 2024 by Sekaibunkasha Inc., TOKYO.

Korean Characters translation rights arranged with Sekaibunka Holdings Inc., TOKYO,

through TOHAN CORPORATION, TOKYO and Shinwon Agency Co., SEOUL.

토끼가 된 날

초판 1쇄 발행 2025년 5월 19일

지은이 무라나카 리에 | **그린이** 시라토 아키코 | **옮긴이** 현계영

펴낸이 안종만·안상준

편집 총괄 장혜원 | **편집** 강승혜 | **디자인** 정혜미 | **마케팅** 조은선 | **제작** 고철민·김원표

펴낸곳 (주)박영사 | **등록** 1959년 3월 11일 제300-1959-1호(倫)

주소 서울시 금천구 가산디지털2로 53, 210호(가산동, 한라시그마밸리) | **전화** 02-733-6771

팩스 02-736-4818 | **이메일** inbook@pybook.co.kr | **홈페이지** www.pybook.co.kr

ISBN 979-11-303-2300-8 43830